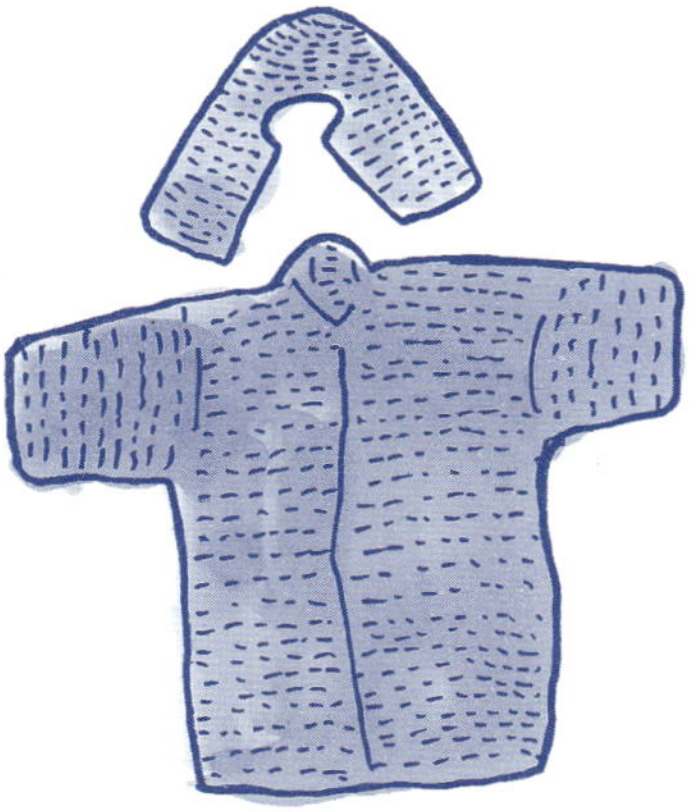

くさりかたびら

都会《とかい》のファッション
スタイルをとり入れた

いんろう

おしゃれなあなたに
こんなピルケースは
いかが？中に
くすりやおかしを
入れて持《も》ち歩こう！
かわいい半蔵《はんぞう》ストラップ
つき

¥1,980

手裏剣《しゅりけん》

忍者《にんじゃ》といったら
やっぱりコレ！
さびないステンレス製《せい》

1コ ¥380

おトク！ 12コセット ¥4,200

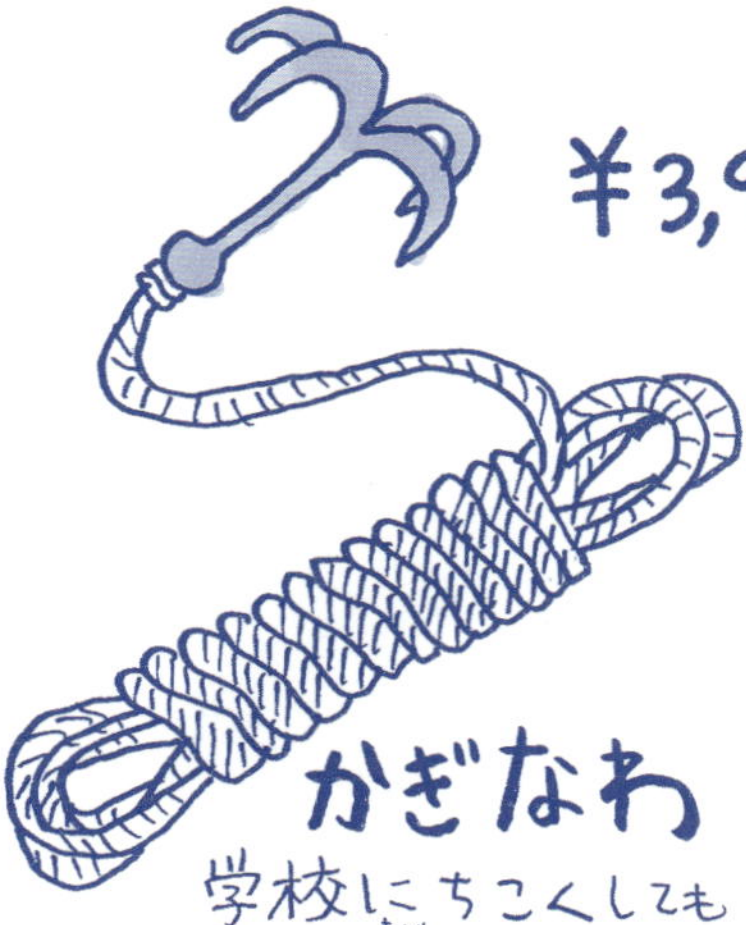

¥3,980

かぎなわ

学校にちこくしても
これで窓《まど》から入れば
だいじょうぶ⁉ 悪人《あくにん》を
しばるのにも つかえ
ちゃうよ♡

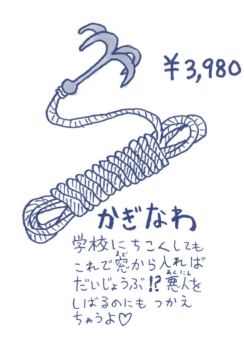

転校生《てんこうせい》は忍者《にんじゃ》?!

もとした いづみ・作　田中 六大・絵

1

「さ、教室に行きましょうか」

先生が職員室《しょくいんしつ》のいすから立ちあがると、しのぶは

「はっ」

とみじかく答え、音もなく一歩下がりました。

（あれ？　今この子、「はい」じゃなくて「はっ」って言ったわよね？）

四年一組の担任《たんにん》、森山《もりやま》先生は、今日から入る転校生《てんこうせい》の顔をちらっと見ました。

服部《はっとり》しのぶ。

（小柄《こがら》な女の子だけど、大人っぽくて、ちょっとふしぎな雰囲気《ふんいき》ね。早くみんなと仲《なか》よくなってくれればいいけど）

先生がそう思ったのもむりはありません。

しのぶはむかしから忍者《にんじゃ》が住《す》む村で生まれそだち、しのぶの家も代々《だいだい》、忍者《にんじゃ》を送《おく》りだしてきました。

村につたわるしきたりで、しのぶも二さいのときから忍者《にんじゃ》の修行《しゅぎょう》をはじめました。

そして十さいになったら、家をはなれて本格的《ほんかくてき》な忍者修行《にんじゃしゅぎょう》をはじめるというならわしどおり、しのぶはひとり、東京のひいばあちゃんの家に越《こ》してきたのです。大人っぽく見えて当然《とうぜん》です。

お父さん、お母さんとはなれてくらすのは、さびしくないと言ったら、うそになりますが、今のしのぶにとって、りっぱな忍者《にんじゃ》になるほうが大事《だいじ》なのでした。

(ん、あれは?)

先生の後ろを歩いていたしのぶが、ふと立ちどまりました。

窓《まど》から見える遠くのけやきの木に、カラスがやけに多く集《あつ》まっています。何キロもはなれているきょりですが、忍者《にんじゃ》の訓練《くんれん》をうけているしのぶには、はっきりと見えます。

（あの集《あつ》まり方はなにかあったにちがいない。なんだろう？）

「あら、服部《はっとり》さん。おりてきて」

しのぶが外に気をとられている間に、先生は階段《かいだん》をおりていきました。

「はっ」

しのぶはおどり場から一番下までひらりととびおりて、ころんところがり、ひざを立ててしゃがみました。

「ひっ！　だ、だいじょうぶ？」

かけよる先生のおどろいた顔を見て、しのぶは「しまった！」と思いました。

前の学校では、先生も生徒《せいと》も忍者《にんじゃ》だったので、こんなことはだれでもやって

いましたが、この学校では、おそらくしのぶ以外《いがい》、忍者《にんじゃ》はいません。

しかも、しのぶが忍者《にんじゃ》だということは、ぜったいに知られてはならないのです。

「は？　だいじょうぶとは？」

すくっと立ちあがり、しのぶはとっさにとぼけました。

「今、そ、そこのおどり場から、あなた、とんで、ここに……」

あわあわしている先生を見あげ、しのぶは何事《なにごと》もなかったかのように聞きました。

「なんのことでしょう？」

「え？　見まちがえかしら。……そうね、そうよね。そんなわけ、ないわよね」

森山《もりやま》先生は、ひたいのあせをぬぐい、何度《なんど》か首をかしげながら、ろうかを歩き、べつの階段《かいだん》を上っていきました。

「ふぅ」

しのぶは小さくためいきをつきました。
先生はふりかえって、しのぶに
「ここよ」
と言い、四年一組の教室のドアをあけました。

「おはようございます」

あいさつがすむと、
先生は黒板《こくばん》に
「服部《はっとり》しのぶ」

と書きました。

「はい、みんなしずかにして。

転校生《てんこうせい》の服部《はっとり》しのぶさんです。

今日からみんなの仲間《なかま》になります。

服部《はっとり》さん、自己紹介《じこしょうかい》してくれる？」

先生がそう言うと、みんないっせいに、しのぶに注目《ちゅうもく》しました。

「三重県《みえけん》からまいりました服部《はっとり》しのぶともうします。都会《とかい》の小学生として、まじめにとりくもうと思っておりますゆえ、どうか、よろしくおねがいします」

思ったよりひくい声だったのと、あまり聞いたことのないあいさつだったので、教室がいっしゅん、しーんとしました。

「え、えーっと……みんな、服部《はっとり》さんにいろいろ教えてあげてくださいね」

先生がそう言うと、

「はーい」

クラスの何人かが返事《へんじ》をしました。

「服部《はっとり》さんもわからないことは、えんりょなく聞いてね」

しのぶは

「はっ」

と言いそうになりましたが、ぐっとこらえて、

「はーい」

と、ちょっと高めの声で返事《へんじ》をしました。

みんなのようすをかんさつして、（なるほど、あのように言うものなのか）と学習《がくしゅう》したのです。

授業《じゅぎょう》がおわり、しのぶが帰ろうとすると、前の席《せき》のまゆが話しかけてきました。

「しのぶちゃん、家、どっちのほう？」

「東」

「東って、校門を出て、右？　左？」

「右」

「じゃあ、同じだ」

まゆがにっこりわらいました。

「とちゅうまでいっしょに帰ろう!」

「はっ、いや、はーい」

ふたりが校門を出たとき、
男子が三人、まちぶせしていました。

「しのぶちゃん」

「また明日ね」

「えへへ」

にやにやわらって、体をくねらせています。

(どこか体の具合《ぐあい》でもわるいのだろうか?)

しのぶがじっとかんさつしていると、

「バイバイ!」

「さいなら!」

みんな手をふって、走りさりました。

「あの子たち、さっきしのぶちゃんのこと、かわいいって言ってたよ」

まゆが言うと、しのぶは

「かわいいとは、小柄《こがら》ということか」

とつぶやきました。

「え？　かわいいって言われてなかったの？　前の学校で」

「いや」

「しのぶちゃん、ちょっとゆりりんににてる、ってみんな言ってるよ。ほら、アイドルの」

「あいどる？」

「あ、わたしの家はここをまがったつきあたりなんだ。また明日ね！　しのぶちゃん、バイバーイ」

「バイバーイ」

しのぶはさっそくおぼえた「バイバーイ」を使《つか》ってみました。

(あいどるに、ゆりりんか。思っていた以上《いじょう》に知らない言葉《ことば》が多い。勉強《べんきょう》することがたくさんあるな)


しのぶはへいの上にひらりととびのると同時に、走りだしました。イヌやネコなど動物《どうぶつ》には見えますが、人間には見えないくらいの速《はや》さです。

こうしてわずかな時間でも、しのぶはさまざまな訓練《くんれん》にはげむのでした。

2

「ただいま」

しのぶが木戸をあけると、庭《にわ》しごとをしていたひいばあちゃんが、ふりかえりました。

「おかえり。どうだった？　学校は」

しのぶはひいばあちゃんが出してくれたお茶をのみながら、今日のできごとを話しました。

「そうだ、よくわからないことがあった」

しのぶはさっきの男子の話をしました。

「まちぶせしていたので、とっさに身構《みがま》えたのだけど、なにも危害《きがい》をくわえず、

さっていった」

ひいばあちゃんは「ふふっ」とわらって
「しのぶはこれから、そんな〝人の気持《きも》ち〟というものを学ばないといけないね」

と言いました。

「忍《しの》びの修行《しゅぎょう》は、技《わざ》を学ぶだけではない」

ひいばあちゃんは、忍者《にんじゃ》のことを「忍《しの》び」と言います。

「人の気持《きも》ちや考えていることもわからなくてはならないから、つねにまわりのようすをかんさつすることが大事《だいじ》なのだ」

(転校《てんこう》するとき、山田《やまだ》先生も言っていたな)

しのぶは前の学校の先生をなつかしく思いだしました。でもそんな気持《きも》ちをふりはらうように、ぐっとお茶をのみほしました。

「さてと。そろそろはじめるかね」

ひいばあちゃんは、よっこらしょ、と立ちあがって、ろうかをすたすたとおくへすすみ、ぴたりと立ちどまりました。

しのぶが、そのよこに立ったと同時に、くるん！　とかべの一部《ぶ》がひっくりかえり、ふたりはきえました。

いいえ、そのように見えましたが、かべのうらがわのかくし部屋《べや》に移動《いどう》したのです。

このかべは「どんでん返《がえ》し」といって、敵《てき》が入ってきてにげこむときや、人やものをとっさにかくすときに使《つか》います。

ひいばあちゃんが住《す》むこの家は、忍者屋敷《にんじゃやしき》です。いたるところに、忍者《にんじゃ》にとってべんりなしかけがあるのです。

さて、このかくし部屋《べや》に入ったしゅんかんから、ひいばあちゃんはしのぶの師匠《ししょう》、しのぶはその弟子です。

「半蔵《はんぞう》！」

ひいばあちゃんがよぶと、どこからともなく、白とうす茶色の毛の小さな動《どう》物《ぶつ》がするっとあらわれました。オコジョです。

オコジョというのは、泳《およ》ぎや木登《きのぼ》りが得意《とくい》で、とてもすばしこく、まるで忍《にん》者《じゃ》のような動物《どうぶつ》です。

半蔵《はんぞう》は、こう見えて師匠《ししょう》の弟子で、しのぶの先輩《せんぱい》なのです。

「師匠《ししょう》、よろしくおねがいいたします」

しのぶはたたみに手をついて、頭を下げました。

「はい。今日は『小音聞《さおと》き』からはじめよう」

師匠《ししょう》がそう言うと、半蔵《はんぞう》が石と針《はり》の入ったはこをもって、しのぶから見えないように、部屋《へや》のすみに行きました。

「忍《しの》びは、小さな音を聞きとれなくてはならない。これから石の上に針《はり》をおとすから、針《はり》の本数を言いあてよ」

「はっ」

返事《へんじ》をして、しのぶが神経《しんけい》を集中《しゅうちゅう》させると、半蔵《はんぞう》が針《はり》を四本とり、そっとおとしました。聞こえるか聞こえないかの、かすかな音です。

　しのぶはすぐに答えました。

「四本」

「正解《せいかい》。では次《つぎ》」

「……六本」

半蔵《はんぞう》がにやっとわらいました。

「しのぶ、なかなかやるな」

師匠《ししょう》が、うむ、とうなずきました。

「では次《つぎ》は雑音《ざつおん》の中で小音《さおと》を聞きわけるためのけいこだ」

「しのぶが今までおった山の中とちごうて、
東京は音がごちゃごちゃ多いからな」
半蔵《はんぞう》はそう言うと、とたんに
バタバタ足音をひびかせながら、
歌を歌いだしました。

にんじゃー　にんじゃー
にんじゃじゃーん
ぬきあし　さしあし　しのびあし
まきびし　びしびし　まきましょう

師匠《ししょう》はいつのまにか
半蔵《はんぞう》がいた場所《ばしょ》に移動《いどう》し、歌の途中《とちゅう》で

そっと針《はり》をおとしました。
しのぶが手を上げて
「三本！」
と言うと、師匠《ししょう》が言いました。
「いや、四本だ」
しのぶはたたみに手をついて、
くやしそうに顔をゆがめました。
すると、半蔵《はんぞう》がツッコミを入れました。
「いやいやいや。その前に、
この歌はわらうとこやん。
なに、まじめにつづけとるんや。
まったく、ふたりとも……」
師匠《ししょう》がくすっとわらいました。

「半蔵《はんぞう》、わるかった。しのぶ、時には肩《かた》の力をぬいて、半蔵《はんぞう》のように人をわらわすのも大事《だいじ》なこと。でも、今の歌の出来がどうかはわからんがの」

「師匠《ししょう》、それはキツいですわ」

しのぶは神妙《しんみょう》にうなずいて

「なるほど。相手《あいて》をわらわせて、油断《ゆだん》をさせたところでひみつを聞きだすのですね！　さすが半蔵《はんぞう》さん。勉強《べんきょう》させていただきます！」

しのぶがいきおいよく頭を下げました。

「あー、まー、それはそうやけどな」

半蔵《はんぞう》がこまったように頭をぽりぽりかきました。

「ふだんはくれぐれもふつうの子どもになりすますこと。忍《しの》びはどこにいても、違和感《いわかん》なくとけこまなくてはならない。ときにはじょうだんを言って。な？　半蔵《はんぞう》」

「そう、それ！　それが言いたかったんですわ！　さすが師匠《ししょう》」

師匠《ししょう》と半蔵《はんぞう》のやりとりを、しのぶは逆立《さかだ》ちで聞いていました。ささえているのは両手《りょうて》の人差《ひとさ》し指《ゆび》と親指《おやゆび》です。

そして、ふわりとジャンプして、床《ゆか》に着地《ちゃくち》しました。

「しのぶ、かすかに音がした。もっとけいこをするように！」

「はっ」

そのとき師匠《ししょう》はなにかをさっしたのか、床《とこ》の間においてある壺《つぼ》をすばやくどかしました。

壺《つぼ》の下には、ぬけ道の入り口となるあながあいているのです。師匠《ししょう》はひょいとあなにすべりこむと、すぐにあなの中から手を出し、壺《つぼ》を元の場所《ばしょ》にもどしてきえました。

しのぶと半蔵《はんぞう》は、そのいっしゅんの動《うご》きに、何事《なにごと》かと顔を見あわせました。

しばらくすると

「服部《はっとり》さ〜ん。たっきゅうびんですー」

という声が聞こえ、

「はーい」

と、のんびりしたひいばあちゃんの声がしました。

「さすが、師匠《ししょう》やな」

半蔵《はんぞう》がしみじみと言いました。

（いつか師匠《ししょう》のようなりっぱな忍者《にんじゃ》になりたい）

しのぶは、そんな思いを新たにしたのでした。

忍

3

　次《つぎ》の日の朝、

「しのぶちゃん、おはよう！」

　きのうわかれた道の角で、まゆがまっていました。

「まゆちゃん、もしかしたら、わたしをまっていてくれたのか？」

　しのぶがおどろいた顔で聞くと、

「うん。いっしょに学校行こうと思って」

　まゆはにっこりわらいました。

「そうか、それはかたじけない」

「ふふふ。しのぶちゃんっておもしろい。ねね、それなに？」

　まゆがふろしきづつみを指《ゆび》さしました。

「帳面《ちょうめん》と筆入《ふでい》れと色鉛筆《いろえんぴつ》をもってくるよう、森山《もりやま》先生に言われたので、ふろしきにつつんできた」

「帳面《ちょうめん》って、ノートのことでしょ？　おじいちゃんがそう言ってた。あー、でも今日、教科書もらうから重《おも》くなるよ。ランドセルは前の学校では使《つか》わなかったの？」

「うん。森山《もりやま》先生が、卒業《そつぎょう》までであと二年と少しだから買わなくてもいいと……」

「そうだね。リュックもってきてる子もいるし。リュックにしたら？」

「りゅっく？」

　しのぶはくりかえしました。はじめて聞く言葉《ことば》です。

「あ、ほら、あの子がもってる、あんな感《かん》じの」

　前を歩いている子をまゆが指《ゆび》さしました。

（なるほど、あれを『りゅっく』というのか）

しのぶは、リュックをぱっと見て、全体《ぜんたい》を記憶《きおく》しました。忍者《にんじゃ》は見たものをまるでしゃしんのようにそのまま頭の中に保存《ほぞん》できるよう、訓練《くんれん》しているのです。

「おはよう！」

教室に入ると、あんりが、しのぶににっこりほほえみました。ピンクのリボンの下で、ふたつにわけた髪《かみ》がゆれています。

「お、おはよう」

なぜだかわからないけれど、しのぶはあんりに話しかけられると、どうもきんちょうしてしまうのです。

昨日《きのう》も、通路《つうろ》をはさんだとなりの席《せき》のあんりが、

「しのぶちゃん、よろしくね！　わたし、あんり」

と言ったとき、すぐに言葉《ことば》が出ませんでした。

（なぜだろう？　声が高いからだろうか？　なんというか、あのあまえたような

話し方のせい？　それとも、ふわっとただよってくるあまいかおりのせいか？　花のような、くだもののような、でももっと強いかおり……）

「なんのにおいだろう？」

「ああ、あれね。トリートメントとか柔軟剤《じゅうなんざい》のにおいじゃない？」

　まゆが教えてくれました。

（なんだ、それは。それに、なんのためにあんな強いにおいをわざわざ身《み》につけるのだ？　忍者《にんじゃ》なら、敵《てき》に居場所《いばしょ》を知られてしまうではないか）

　ついそう思ってしまいましたが、あんりは忍者《にんじゃ》ではありません。

（いけない、いけない。みんなが忍者《にんじゃ》と考えてしまうくせを直さなくては）

　しのぶは自分にそう言い聞かせました。

　一時間目の算数の時間、あんりが消《け》しゴムをおとしました。でも、床《ゆか》におちる前に、しのぶがすばやく一歩ふみだし、消《け》しゴムをキャッチしました。

それをあんりのつくえの上にそっとおくと、

「ありがとう！　しのぶちゃん！」

あんりは小さな声でそう言って、おどろいたように目をぱちぱちさせました。

しのぶは目をふせて、

「いえ」

と首をふり、

（思わず体が動《うご》いてしまったが、少し早かったかもしれない）

と反省《はんせい》しました。

授業《じゅぎょう》がおわったとき、あんりが
「しのぶちゃん、さっきはありがとう」

と、消《け》しゴムをちょっとつまんでもちあげました。

「いえ、何度《なんど》もお礼《れい》を言われるほどのことでは……」

と、しのぶがかたまっていると、

「ふふ。しのぶちゃんおもしろいね！　それにさ、黒が好《す》きなんだね？　あ、黒じゃないのか」

あんりがしのぶのシャツにぐぐっと顔をよせました。

「紺《こん》だ。濃紺《のうこん》だね。藍色《あいいろ》？」

しのぶはあらためて自分の服装《ふくそう》を見ました。

「だって、昨日《きのう》もその色の服《ふく》だったでしょ?」

それもそのはず。しのぶは黒や濃《こ》い紺《こん》の服《ふく》しかもっていないのですから。くつしたもくつも、ほかの色のものをえらぶなんて考えたこともありません。

「好《す》き、というか……」

しのぶが言いかけると、あんりが

「にあってるものね。しのぶちゃん、その色と相性《あいしょう》がいいんだね」

と言いました。

「あ、どうも」

ほめられたのか! と気づいて、しのぶはあわててお礼《れい》を言いました。

そういえば、みんなはいろいろな色の服《ふく》を着《き》ています。

(黒や濃《こ》い紺《こん》づくめでは、かえって目立っていたのか。ここにとけこむためには、服《ふく》やりゅっくや、そのほかにもきっといろいろな小物《こもの》がひつようなのだろうな)

三時間目がはじまる少し前、あんりが
「えー、うそー。なんでー？」

と、つくえの中に話しかけている、と思ったら、ひとりごとでした。

「どうした？」

しのぶがたずねると、

「あのね、三時間目に使《つか》う色鉛筆《いろえんぴつ》がないの。ぜーったい今日もってきたのにー。朝、ランドセルからつくえの中に入れたはずなんだけど……」

それは、みんなといっしょの、ひらべったい缶《かん》に入った十二色の色鉛筆《いろえんぴつ》で、あんりによると、ふたの上にピンクの「ラインストーン」とかいうキラキラしたビーズで「あんり♡」と名前を入れてあるのが目印《めじるし》だそうです。

しのぶもさがすのを手伝《てつだ》ってあげました。

あんりの空色のランドセルの中やつくえの中、体操着《たいそうぎ》入れの中など、いっしょに見ましたが、見つかりません。

そうしているうちにチャイムが鳴ってしまいました。

「ありがとう。しのぶちゃん、やさしいね！」

あんりにに っこりされて、しのぶがなんと答えていいかなやんでいると、あんりはもうとなりの席《せき》の子に
「おねがいい！　ひろきくん、次《つぎ》の時間、色鉛筆《いろえんぴつ》かして！」

と手を合わせていました。

「い、いいよ。いっしょに使《つか》おう」

ひろきはほっぺをほんのり赤くそめています。

しのぶはそれを見て、

（そうか、あんりちゃんに話しかけられて、あわてて しまうのは、自分だけではないんだな）

と、ちょっとほっとしました。

4

次《つぎ》の日の朝、あんりが
「しのぶちゃん、あのねー」

と言って、口をとがらせました。

　しのぶが、なんだろう？　と思って、そのつきだした
くちびるをまじまじと見ていると、

「色鉛筆《いろえんぴつ》がね、やっぱりなかったのー。家中さがしたんだけど」

と、かなしげな顔で長いまつげをぱちぱちさせました。

「色鉛筆《いろえんぴつ》って？」

　横《よこ》からまゆがたずねるので、しのぶは、あんりの色鉛筆《いろえんぴつ》が昨日《きのう》からないのだ

と説明《せつめい》しました。

「昨日《きのう》、学校に来たとき、ランドセルから出して、自分のつくえの中に入れたと思うんだけどなぁ」

　あんりが、またそう言うと、うしろの席《せき》の坂本《さかもと》さんが、

「あ、わたし見たよ」

と身《み》をのりだしてきました。

「あの、ふたにラインストーンで名前が書いてあるやつだよね？」

「そうそう、それそれ！」

「二時間目がおわって、校庭《こうてい》にあそびにいく前に見た。うん、たしかそう、二十分休みだった」

「うんうん！」

　あんりがあいづちをうちました。

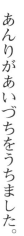

Pretty
Girl

「あんりちゃんのつくえの中でそのラインストーンがキッラー！　って光ってるの見た。わー、あいかわらず派手《はで》！　って思ったからおぼえてる」

「いやいや、あいかわらず派手《はで》、って……」

まゆが、顔を横《よこ》にむけて小声で言いましたが、あんりはまったく気にしていないようすです。

「やっぱり！　だよねだよね？　わたし、ぜったいつくえの中に入れたと思ったんだー」

自分の記憶《きおく》が正しいことが証明《しょうめい》されて、あんりはうれしそうです。

「あのう……」

あんりのとなりの席《せき》のひろきが、なにか言いかけましたが、坂本《さかもと》さんがそれをさえぎって、しのぶに質問《しつもん》しました。

「それよりさ、服部《はっとり》しのぶちゃんは、なんで全身《ぜんしん》黒なの？」

「いや、べつになんで、ということもないのだけど……」

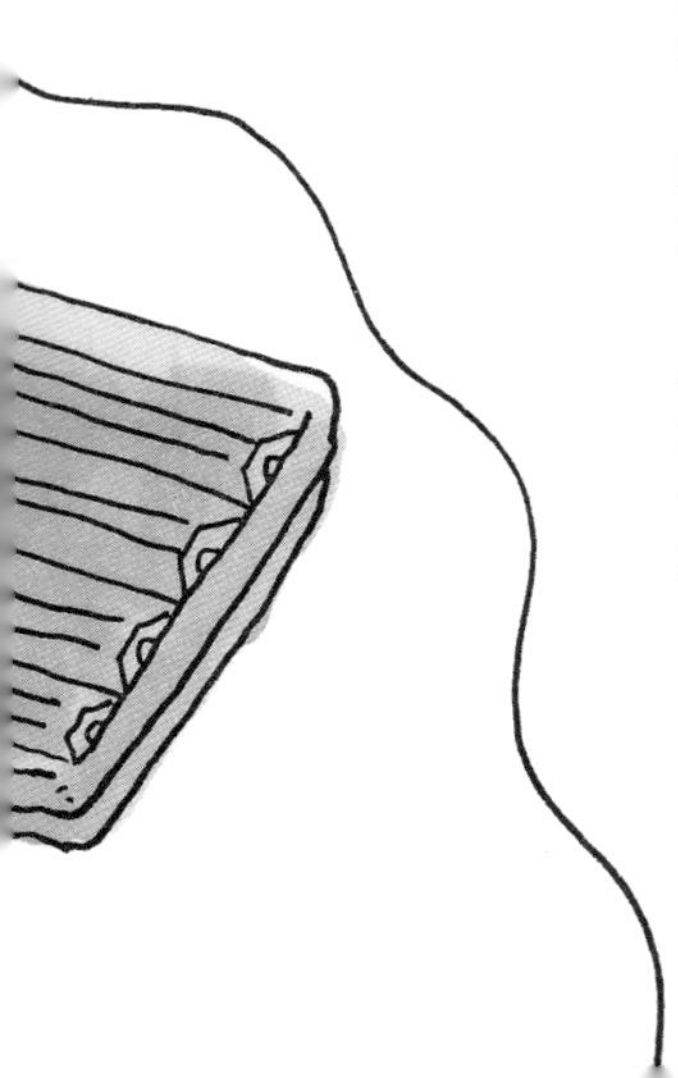

　しのぶが口ごもると、まゆが
「そんなの、いいじゃん」

と、ちょっとむっとした顔をしました。

「にあってるよね。それに、よく見て！　黒じゃなくて濃紺《のうこん》なの」

とあんりが言ったとき、ひろきがまた、

「あのさ……」

となにか言いかけました。が、今度《こんど》はたくとが急《きゅう》に大きな声を出しました。

「色鉛筆《いろえんぴつ》、みんなでこのへんをさがしてみたら、出てくるんじゃないかな」

「そうだね。さがしてみよう」

　まゆがすぐにうなずいて、坂本《さかもと》さん、あんり、ひろき、たくと、それにしのぶで、教室をあちこちさがしてから、自分たちのつくえの中もしらべました。

　どんなときでも、みんなのようすをかんさつするのは、忍者《にんじゃ》には大切なことです。

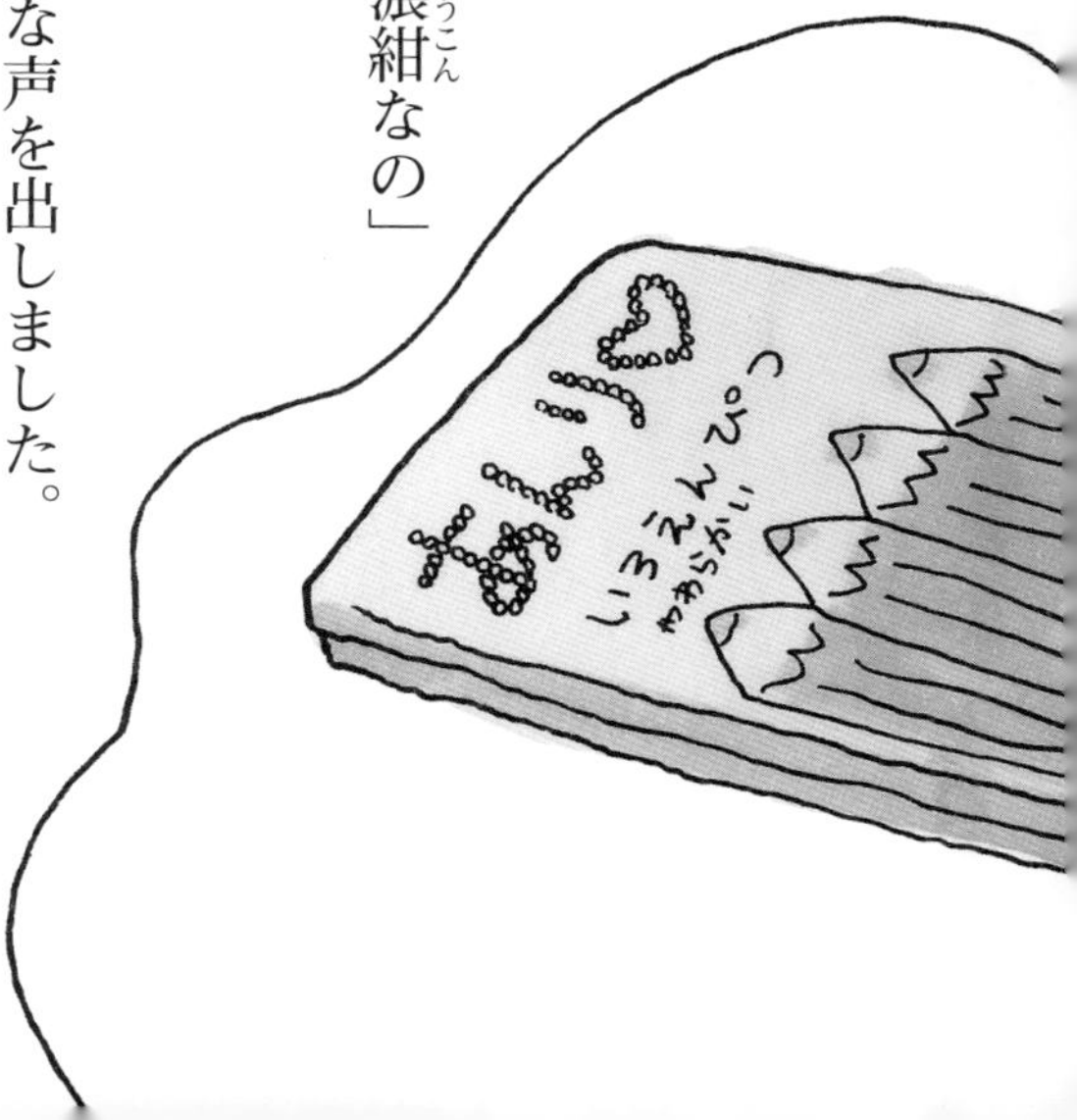

しのぶは、たくとが、ひろきに目くばせをして、小さく首を横《よこ》にふっているのを見ました。

（ん？）

しのぶは、さっきひろきがなにか言いかけたとき、それをさえぎったたくとのようすも、どうも不自然《ふしぜん》だと感《かん》じました。

「うーん、ないね。先生に言おうか？」

まゆが言うと、たくとが「いや」と言いました。

「あんまりおおごとになってもさ……ね？　あんりちゃん」

たくとに言われて、あんりも、

「う、うん。そうだね。もうちょっとさがしてからでいいかな」

そう答えたとき、ちょうど森山《もりやま》先生が教室に入ってきたので、みんな席《せき》に着《つ》きました。


二時間目と三時間目の間の二十分休み、しのぶはまゆにさそわれて、校庭《こうてい》の鉄棒《てつぼう》のところに行きました。

「でもさあ、あんりちゃん、色鉛筆《いろえんぴつ》をもうちょっとさがすって言ってたけど、ほかにどこをさがすんだろう？　それって、だれかがかくしたってこと？」

まゆの言葉《ことば》に、しのぶは、はっとしました。

「そ、それはニュースなどで話題《わだい》の、あの、あの『いじめ』ということか？」

「え？　しのぶちゃん、前の学校でいじめはなかったの？」

「なかった。全校生徒《ぜんこうせいと》が十二人しかいなくて、みんなきょうだいのように仲《なか》がよかったから」

「あ、そんな小さい学校だったんだ。ねえねえ、しのぶちゃん、今ね、鉄棒《てつぼう》、練習《れんしゅう》してるんだけどさ」

まゆは、鉄棒《てつぼう》を両手《りょうて》でつかみ、片足《かたあし》をかけると、「よっ」と鉄棒《てつぼう》にのり、ぐるんと一回転《いっかいてん》しそうになりましたが、いきおいが足りず、ぶらんとさかさまにぶら下がりました。

「あーあ。これがなかなかむずかしくてさ。しのぶちゃん、できる？」

「えっと……、こう？」

しのぶが同じように片足《かたあし》を鉄棒《てつぼう》にかけ、くるんと一回転《いっかいてん》してみせました。

「そう！　しのぶちゃん、できるんだ。いいなあ。あ、もしかしてそのまま何回もぐるぐる回るのもできる？」

しのぶは、ぐるんぐるんと回りながら

「こう？」

と聞きました。

「そう！」

しのぶの回転《かいてん》のいきおいは、ますますはげしくなり、しんじられない高速《こうそく》で回っています。

「すごい！　しのぶちゃん……しかも速《はや》いし」

まわりにいた子たちも、

「わー、すげー！」

「なに、こいつ」

と言いながら、だんだん近くに集《あつ》まってきました。

しのぶは、くるくる回りながら、考えていました。

（たくとが、あんりちゃんの色鉛筆《いろえんぴつ》をぬすんだのかもしれない）

そして回転《かいてん》をぴたっと止めて、つぶやきました。

「そうにちがいない」

（それを知ったひろきが、口止めされているのだな！）

5

その日、しのぶは家に帰ると、修行《しゅぎょう》の部屋《へや》に入るなり、すぐに高くジャンプするけいこをはじめました。

床《ゆか》に立ち、その場でとびあがって、天井《てんじょう》にとりつけてあるさまざまな棒《ぼう》につかまる修行《しゅぎょう》です。

棒《ぼう》といっても、つかまりやすい棒《ぼう》とはかぎりません。わざとななめに下がっていたり、みじかかったり、細かったり。世《よ》の中にはちょうどいい場所《ばしょ》に、つかまりやすい棒《ぼう》があるとはかぎらないからです。

「それで、あんりちゃんの色鉛筆《いろえんぴつ》は見つかったのかい？」

師匠《ししょう》が聞きました。

ふいに学校の話をするので、
しのぶは動揺《どうよう》して手元がくるい、
あやうくおちそうになりました。

「ふむ。油断《ゆだん》は禁物《きんもつ》」

師匠《ししょう》はきびしく言って、

「で？」

と、ふたたびたずねました。

しのぶは今日あったことや、
たくとが色鉛筆《いろえんぴつ》をとったのではないかと思っていることを話しました。

「うむ。忍者《にんじゃ》の修行《しゅぎょう》として、それはしのぶにとってとてもいい勉強《べんきょう》になるはずだ。

その推理《すいり》が正しいかどうか、たしかめてごらん」

「はっ」

しのぶは天井《てんじょう》のはりにつかまりながら、力のこもった返事《へんじ》をしました。

「巻《ま》き戻《もど》しはやったのか？」

「いえ、まだ」

「なら、まず昨日《きのう》の巻《ま》き戻《もど》しだな」

そう言われて、しのぶはうなずきました。

しのぶは、小さいころから、記憶《きおく》をたどって、過去《かこ》に見たシーンを止めたり、進《すす》めたりする「巻《ま》き戻《もど》し」が自在《じざい》にできるのです。

まだかんぺきとはいえませんが、これはしのぶの得意技《とくいわざ》のひとつです。

いったん、床《ゆか》におりて、またジャンプして、安定《あんてい》のいい棒《ぼう》につかまると、しのぶは目をとじました。

しのぶのまぶたのうらには、朝、学校に着《つ》いてから、しのぶが見たものがうつっています。

（あ、ここだ！）

しのぶは見おとしがないように注意《ちゅうい》して、記憶《きおく》の再生《さいせい》をつづけました。

森山《もりやま》先生が、

「はーい、じゃあ、このページは色鉛筆《いろえんぴつ》でぬりわけてみましょう」

と言ったあたりです。

「先に使《つか》っていいよ」

ひろきが自分の色鉛筆《いろえんぴつ》のふたをひらいて、あんりにすすめました。

「いいの？　ありがとう。ひろき君《くん》、やさしいね」

あんりがそう言ったとき、しのぶは、むこうがわにいるたくとの顔に注目《ちゅうもく》しました。

（やけに、ひろきとあんりちゃんのことを気にして、ちらちら見てる。やはりあやしい！）

そう思ったとき、オコジョの半蔵《はんぞう》が、

「ほな、行こうやないか」

と立ちあがりました。

　しのぶはぱっと目をあけ、すとんと床《ゆか》におりました。

「どこに？」

「あやしいと思ったやつのところに、決《き》まっとるやんか」

「さすが半蔵《はんぞう》さん！　わたしの考えたことがわかるのですね」

「いやいや。まあ、だいたい、しのぶの顔を見とったら、そんなことやろうと
……って！　なんで黒装束《くろしょうぞく》に着《き》がえる？」

「え？　だって、忍者《にんじゃ》として尾行《びこう》するなら……」

　しのぶは、ずきんをかぶる手を止めました。

「しのぶ。なぜ黒装束《くろしょうぞく》といわれる濃紺《のうこん》の衣《ころも》を着《き》るかわかってんのか？」

「それは……えー、目立たないように」

「夜とか、暗《くら》いところだったら目立たんやろな。だがな、真《ま》っ昼間の今、それ着《き》て表《おもて》に出てみい。目立ちまくりや」

「そうだった」

「ぷっ」

師匠《ししょう》がふきだしました。

「あの、それから学校でみんなが着《き》ているような明るい色の服《ふく》と、あと、りゅっくがひつようです」

「そうだな」

師匠《ししょう》がうなずきました。

「いつ気づくかと思っていた。今度《こんど》の休みの日に買いにいこう」

そんなわけで、しのぶは小学生がちょっと文房具《ぶんぼうぐ》でも買いにいくように、黒っぽいけれどいつものシャツとズボンを着《き》て出かけました。小さなバッグに半蔵《はんぞう》をしのばせて。

「さてと……たくとの家はどこか知ってるんやろな」

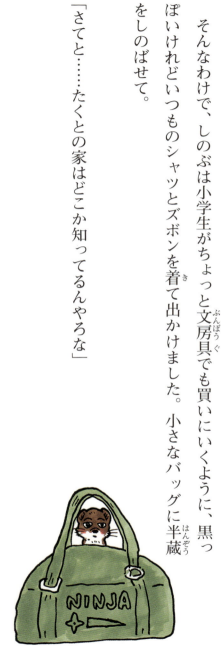

「いや。ぜんぜん」

半蔵《はんぞう》がしのぶのバッグの中で「はあ」とためいきをつきました。

「なら、しのぶはこれからどこへ行くつもりや?」

半蔵《はんぞう》があきれたように言ったとき、

「あ! しのぶちゃん」

クラスの男子がふたり、自転車《じてんしゃ》で追《お》いかけてきました。

ふたりとも校門のところでまっていた男子です。

「しのぶちゃん、どこ行くの?」

そう聞かれてしのぶは、

「あ、ちょっと、そこの文房具屋《ぶんぼうぐや》に行こうかと思い……。消《け》しゴムとノートを買いに」

と、ごにょごにょ言いました。

文房具屋《ぶんぼうぐや》に行く小学生をイメージしていましたが、その文房具屋《ぶんぼうぐや》がどこなの

かまで考えていなかったのです。

　でも、ふたりはまったく気にせず、

「しのぶちゃんのうち、このへん？」

と聞いてきました。

「そう、そこの家」

「え、あの古くてでっかい家？」

「ばか、古いなんて失礼《しつれい》だろ」

「いや、いい意味《いみ》で、だよ」

　ふたりがしゃべっている間、
バッグの中の半蔵《はんぞう》が小さな声で言いました。

「聞け。たくとの居場所《いばしょ》を聞け！」

「あ、そうか」

　しのぶの声に、ふたりはだまりました。

「吉本《よしもと》たくと君《くん》は、今どこにいるのか知ってる？」

「え？　たくと？　たくとは今日、塾《じゅく》って言ってたけど……なんで？」

「かりたじょうぎを返《かえ》しそびれて」

　しのぶがとっさにうそをつくと、

「そんなのいいよ。明日返《かえ》せば」

「それより、おれたち、これから、そこの児童館《じどうかん》であそぶんだけどさ」

「しのぶちゃんもいっしょに行かない？」

「行かない」

　ふたりが言いおわらないうちに、しのぶが速攻《そっこう》でことわるので、ふたりとも口をあんぐりあけました。

「で、その塾《じゅく》とは？」

「たしか駅前《えきまえ》の新栄《しんえい》ゼミナールだよな？」

「うん。あ、なんだ。むこうから来たじゃん、たくと」

「お、ほんとだ。おーい、たくとー。今、ちょうどしのぶちゃんが……あれ？」

男子ふたりがふりかえると、しのぶのすがたはありませんでした。

「あれ？　おかしいなあ」

「今、ここにいたのに。しのぶちゃーん！」

しのぶはすばやく角をまがって、電信柱《でんしんばしら》のかげにかくれたのです。

尾行《びこう》する相手《あいて》に見られては、ひみつをさぐることはできません。

「なに言ってんの？　だれもいないじゃん。おまえらだいじょうぶ？」

たくとはわらって、

「じゃあな」

と、駅《えき》にむかって歩きだしました。

しのぶはたくとの後を追《お》って、人通りの少ない住宅街《じゅうたくがい》を進《すす》みました。

とちゅう、電車におくれそうなのか、駅《えき》のほうに走っていくお姉さんが、ふたりを追《お》いぬいていきました。それからふりかえって、へいにはりついてたく

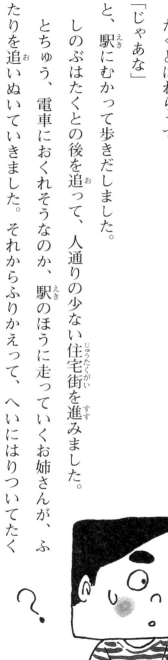

とを見ているしのぶと、その前を歩くたくとの顔を交互《こうご》に見ました。

「ん？」

たくとがだれかにつけられていることに気づいたようです。

ばっ！　と、たくとがとつぜんふりかえりました。

しのぶはすぐにジャンプし、木のえだにつかまりました。

「あれ？」

たくとはあたりを見回しましたが、しのぶは高いところで気配《けはい》を消《け》していたので、気づきませんでした。

「気のせいか」

しのぶは、ほっと胸《むね》をなでおろしました。

「よかった」

「よくないわ！」

半蔵《はんぞう》がすぐにツッコミを入れました。

「尾行《びこう》に気づかれたやないか。明日、学校で尾行《びこう》のやり直しや」
しのぶは、だまってこくんとうなずきました。

6

翌日《よくじつ》の給食《きゅうしょく》の時間。

しのぶは、ひろきが給食《きゅうしょく》を食べおえて、食器《しょっき》をもどしているのを、ちらちら見ていました。すると、たくとがいそいでパンを口におしこみ、立ちあがりました。

(ひろきとたくとは、いっしょに教室を出ていきそうだな)

そう判断《はんだん》したしのぶは、あわてて立ちあがりました。

「あれ？　しのぶちゃん、ヨーグルトのこすの？」

坂本《さかもと》さんが聞きました。

「だったら、ちょうだい！」

「いいよ」

しのぶは、ひろきとたくとから目をはなさないように食器《しょっき》をもどし、ヨーグルトをひゅっとなげて教室を出ました。

「す、すごい！　しのぶちゃん」

坂本《さかもと》さんが、自分のおぼんの上にきれいに着地《ちゃくち》したヨーグルトを見て、感動《かんどう》の声を上げました。

多くの人が歩いているろうかを、しのぶは用心深《ようじんぶか》く進《すす》み、ふたりが角をまがるたび、すばやくその角まで走りました。

職員室《しょくいんしつ》の前のろうかに出ると、歩いている人が急《きゅう》にへり、しのぶはちょっときんちょうしました。

人が少なければ少ないほど、相手《あいて》に見つかる可能性《かのうせい》が高くなるからです。

ひろきとたくとが職員室《しょくいんしつ》を通りすぎ、階段《かいだん》をのぼるようすを見せたとき、職《しょく》員室《いんしつ》のとびらがガラリと音を立ててあきました。

「あぶねえ」

「見られたらまずい」

ふたりは顔を見あわせて、階段《かいだん》を下り、一階《かい》に行くと、わたりろうかにむかいました。その先には体育館《たいいくかん》があります。

(体育館《たいいくかん》になにが？　いや、でも、あのようすを見ると、ふたりは階段《かいだん》をのぼろうとしていたけど、人に見られそうになったので、コースを変更《へんこう》したんだ)

しのぶはそう思って、高くジャンプすると、わたりろうかの屋根《やね》に音を立てず、とびのりました。

それを二階《かい》の校長室の窓《まど》から、校長先生がぼんやりながめていました。

「ん？　あれはなんだ？　カラス？　にしては大きいな」

わたりろうかの屋根《やね》におりたった黒いものをたしかめようと、校長先生は窓《まど》からいったんはなれました。

「双眼鏡《そうがんきょう》、双眼鏡《そうがんきょう》……。どこだったっけな？」

つくえのひきだしをあけたり、たなの上をさがしたりしました。

「やっぱり返《かえ》したほうがいいんじゃないかな」

ひろきの声です。

（やはり！）

しのぶは、さらに聞き耳を立てました。

「せっかく今までごまかしてたのに」

たくとが言うと、

「じゃあ、こっそり返《かえ》すっていうのは？」

「いや、見つかるまで動《うご》かさないほうがいいって」

「でも、もうないかもしれないよ。だれかに見つかって」

「とりあえず見にいくか」

どうやら、ひろきは返《かえ》そうと思っているけれど、たくとがそれに反対《はんたい》しているようです。それが、あんりの色鉛筆《いろえんぴつ》だとしたら、ですが。

（まだ決《き》め手にかけるな）

ふたりがわたりろうかをもどり、さっきの階段《かいだん》をのぼるまで、しのぶは慎重《しんちょう》についていきました。

二階《かい》の校長室では、やっと双眼鏡《そうがんきょう》を見つけた校長先生が、わたりろうかの屋《や》根《ね》に焦点《しょうてん》を合わせました。
「うーん？　なにもいない、か」

ひろきとたくとが、
ろうかのつきあたりの
音楽室に用心深《ようじんぶか》く入るのを、
しのぶはこっそり見ていました。
今回はまったく
気づかれていないようです。
しのぶは、音楽室の手前にある
女子トイレに、ちょうど使《つか》いおわった
トイレットペーパーの芯《しん》があったので、
さっと手に入れると、音楽室に近づきました。

そしてろうかのすみにしゃがんで、ドアにトイレットペーパーの芯《しん》を当てました。こうすると、ドアがしまっていても中の音が聞こえやすいのです。

「あった。よかった！」

中のふたりが声を上げました。すがたは見えませんが、

（たぶん、あんりちゃんの色鉛筆《いろえんぴつ》のことだ）

と、しのぶは思いました。

「やっぱりさあ、また色鉛筆使《いろえんぴつつか》うし、あんりちゃんに返《かえ》したほうがよくない？」

ひろきの声に、

（よし、思ったとおりだ）

しのぶは、小さくうんうんとうなずきました。

「オレは、今これを動《うご》かすのはきけんだと思うな」

（なにがきけんだ。人のものをぬすんでおいて）

しのぶがそう思ったときです。

「あ、いたいた。しのぶちゃーん、なにやってんの？　ははは。それ、トイレットペーパーの芯《しん》じゃないの？」

ろうかのむこうで、まゆがわらっていました。

しのぶは、猛《もう》スピードでまゆに近づくと、

「ちょ、ちょっと場所《ばしょ》をかえようか」

と、階段《かいだん》までまゆを引っぱっていきました。

けげんな顔をしているまゆに、しのぶは、

「いや、あの、これを耳に当てると、波《なみ》の音が聞こえるといううわさ……は、ないですね、はい」

もうこれはごまかしようがないと思い、しのぶは思いきって、今聞いたふたりの会話をそのままつたえました。

「それで、ふたりの会話から……」

しのぶが顔の前でひとさし指《ゆび》をぴんと立てました。

「ふたりの会話から？」

まゆが目を見開《みひら》きました。

「あんりちゃんの色鉛筆《いろえんぴつ》をとったのは、あのふたりにちがいない！」

「いやいや、それはわたしにもわかったけどさ。どうしてとったの？　あのふたり、あんりちゃんをいじめるような子たちじゃないし、理由《りゆう》がわからない」

「理由《りゆう》はわからないが、とった色鉛筆《いろえんぴつ》を音楽室にかくし、それをひろきは返《かえ》そうと主張《しゅちょう》し、たくとはそのままにしようと言っているわけだ」

「う、うん」

「犯人《はんにん》とわかった今、罪《つみ》をあばいて、ふたりをこらしめなくてはならない」

「まあ、そうだけど。それにしても、しのぶちゃん、よくつきとめたよね。えらい」

「へ？」

しのぶは、どうやってこらしめてやろうかとゲンコツをにぎりしめていましたが、急《きゅう》に力がぬけました。

（あれ？　これはなんだろう？）

くすぐったいような、うれしいような気持《きも》ちがじわじわとわきおこってきて、しのぶはとまどいました。

思えば、忍者《にんじゃ》として、いつもひとりで考え、ひとりで判断《はんだん》し、ひとりでなやむようにしつけられてきたので、こうして、他人《たにん》に胸《むね》の内を話すなんてありえないことでした。

(だれかに話すと、気分がかるくなるものだな)

しのぶはそう感《かん》じました。

「どうしてそんなことしたのか、本人たちに聞いてみようよ」

「えっ、なぜだ?」

まゆがどうして、どうしてと理由《りゆう》を気にするわけが、しのぶにはさっぱりわかりません。

「だって、理由《りゆう》がわからないと気持《きも》ちわるいじゃない」

そのとき、音楽室のドアがそっとあいて、ひろきとたくとがあたりをうかがいながら出てきました。

ひろきは、両手《りょうて》でおなかをおさえていて、トレーナーの下になにかをかくしているのがまるわかりでした。

7

その日の放課後《ほうかご》、まゆが、ひろきとたくとに声をかけました。

「ねえ、ちょっとこっちに来てくれない？　ひろきと、たくと、それに……」

ふりかえって、

「あんりちゃんも」

「え？　なになに？」

あんりちゃんが背負《せお》いかけたランドセルをおいて、つつつつとつま先で走ってきました。

ひろきとたくとは、顔を見あわせて、ゆっくり近づいてきました。

「なんだよ、まゆ、先生みたいじゃん」

たくとがからかうように言いました。

「しのぶちゃんが聞いちゃったんだよね？」

まゆにうながされて、しのぶがうなずきました。

「山口《やまぐち》ひろき君《くん》と、吉本《よしもと》たくと君《くん》が話しているのを聞いて、知ってしまった」

「なんだ、そりゃ？　なにを知ってしまったんだよ」

たくとがちゃかすようにわらうと、しのぶが言いました。

「あんりちゃんの色鉛筆《いろえんぴつ》を、たくととひろきがぬすみ、それを音楽室にかくした。まちがいないな？」

「なんだよ。今度《こんど》は刑事《けいじ》かよ」

たくとはわらいましたが、顔はひきつっています。

ひろきはかんぜんにうろたえています。

「……ほんと？」

あんりがかなしげな顔でふたりを見ました。

「いや、ちがうんだ。色鉛筆《いろえんぴつ》をとったのは、ぼく」

ひろきが言うと、

「なんで？」

まゆが聞きました。

「あのー、あのね……」

ひろきはちらちらとあんりの顔を見て、決心《けっしん》したように話しはじめました。

「ほら、わすれものをすると、となりの人のをかりるじゃない」

「うん」

まゆがふんふんとうなずきました。

「だからさ、あんりちゃんがわすれものをしたら、ぼくがかしてあげることになるじゃん」

「うんうん」

まゆがだいたいわかったという顔でうなずきました。

しのぶにはさっぱりわかりません。

「あんりちゃんといっしょに色鉛筆《いろえんぴつ》を使《つか》えるから、ちょっといいなと思って。つい……」

ひろきの顔が赤くなっています。

「なるほどねー」

まゆは深《ふか》くうなずいていますが、しのぶは
「え？　意味《いみ》がわからない」

と、ひろきを見ました。

「えー、つまり……。あのー、あんりちゃん、かわいいし……」

ひろきが言いにくそうにしているので、まゆがさらっと言いました。

「だから、ひろきはあんりちゃんを、かわいいと思ってて、つまり、あんりちゃんのことが好《す》きってことだよね？」

ひろきが真《ま》っ赤になって、こくんとうなずきました。

「ごめんね、あんりちゃん」

ひろきは自分の体操着《たいそうぎ》入れから、あんりちゃんの色鉛筆《いろえんぴつ》を出して、返《かえ》しました。

あんりはとまどいながら、それをうけとりました。

「でもさ、ひろきはすぐに言おうとしたんだよな」

たくとは、ひろきがあんりちゃんのことを好《す》きだと知っていたのです。

「ひろきが色鉛筆《いろえんぴつ》をかくすところを見たとき、まじやばいと思った。でも、かしてあげてるのを見て、ああそういうことかってオレわかったんだよね」

「たくとの顔見て、ああバレてるって気づいたんだ」

ひろきが言いました。

「つい、とっちゃったんだけど、すぐにあやまって返《かえ》そうと思うって言ったら、そんなのぜったいあんりちゃんに引かれるからやめろって言われて、それはそうかもって……。で、なんか返《かえ》しそびれちゃって」

「いや、オレがうまくごまかしてやるからとか言っちゃったから」

たくとがかばうと、ひろきが「いや」と言いました。

「こんなことするひきょうなぼくなんか、きらわれて当然《とうぜん》なんだよ」

「そうだ。ものをとるのはどろぼうだ」

しのぶがきっぱり言いました。

でもあんりは、色鉛筆《いろえんぴつ》を胸《むね》にだいて、ううんと首をふりました。

「そんなことないよ。だって、返《かえ》してくれたし。かわいいって思ってもらえて、うれしいよ」

「そっか。じゃ、とりあえずよかったね」

まゆがさっぱりしたように言いました。

ひろきはちょっとなみだぐんでいます。

たくとが、ひろきの肩《かた》をたたいて、

「よかったじゃん。とりあえずさ」
とわらいました。
あんりちゃんは、
「ふふ。よかった」
と、ニコニコしています。
（……なんなんだ！）
しのぶはしんじられない思いで、
みんなの顔を見回しました。
犯人《はんにん》もそれをかばった人も、
だれにもせめられないし、
犯人《はんにん》が見つかっても、
とられた人はおこらずにわらっている。
「あ、坂本《さかもと》さん」

あんりが帰ろうとしている坂本《さかもと》さんに声をかけました。

「見つかった！　色鉛筆《いろえんぴつ》」

「あ、よかったじゃん」

「うん、ありがとう」

しのぶは胸《むね》の中がもやもやしていました。

（みんな「よかった」「よかった」って、なにがよかったんだ？）


その日の帰り道、まゆとわかれたしのぶは、走る訓練《くんれん》もわすれて、ぼんやりと歩いていました。

そして、さっきのことを何度《なんど》か思いかえしているうちに、なんだかよくわからなかったけれど、だんだん「よかった」という気持《きも》ちになってきました。

（なんだろ？　ふしぎだけど、これでよかった、という気分だ）

しのぶはその気分をしみじみと味《あじ》わっていました。

（それに……人を好《す》きになるっていうのも、よくわからないけど、ちょっといいものだな）

「ただいまー」
「おや、しのぶ。どうした？」

ひいばあちゃんが
けげんな顔をしました。
しのぶのようすが
いつもとちがっていたからです。

そのわけは、修行《しゅぎょう》の部屋《へや》に入って、
しのぶがその日あったことを
師匠《ししょう》に報告《ほうこく》すると、
すぐにわかってもらえました。

「今回のことで、しのぶは
とても大事《だいじ》なことをつかんだな。
たとえそれが今ははっきりしていなくても、今後とても役《やく》に立つであろう」

「はっ」

「しかし、尾行《びこう》ではまたしっぱいしたんやな」

半蔵《はんぞう》がちらっとしのぶを見ました。

「あ、はい。まゆに見つかってしまいましたので」

「それに、まゆに聞かれたときもや。うまくごまかせへんで、ぜーんぶしゃべってしまったよなあ」

「はい」

「言いわけはいつも考えておかねばならない。しかし、友だちに正直に話したのは、小学生としては正しい行動《こうどう》だったと言えよう」

「いや、師匠《ししょう》、お言葉《ことば》ですけどね、忍者《にんじゃ》として……」

「半蔵《はんぞう》。しのぶは忍者《にんじゃ》の修行中《しゅぎょうちゅう》ではあるが、小学生でもあるのだ。今のしのぶが学ばなければいけないのは、ふつうの小学生の女の子としての気持《きも》ちだとわたしは思う」

夜、しのぶはなかなかねむれませんでした。今日のできごとや、師匠《ししょう》が言ったことを、頭の中で何度《なんど》もくりかえし、ひとつひとつの言葉《ことば》の意味《いみ》をじっくり考えていたのです。

8

次《つぎ》の日、あんりがピンクの小さなふくろを、しのぶにわたしました。

「色鉛筆《いろえんぴつ》のこと、気にしてくれてありがとう。これ、しのぶちゃんに」

「こ、これをわたしに？」

「そ。あけてみて！」

　しのぶがふくろをあけてみると、中から、ピンクや赤や黄色の花柄《はながら》のびらびらしたものが出てきました。よく見るとわっかになっているようです。

「シュシュだよ。あたしが作ったの。かわいいでしょ？　それで髪《かみ》をまとめてみて」

「しし……？」

「つけてあげる」

あんりは、黒いゴムでたばねていたしのぶの髪《かみ》をいったんほどいて、上の位《い》置《ち》でまとめ、ポニーテールにして、シュシュをつけました。

「あ、やっぱり！　かわいいよ、しのぶちゃん」

まゆが来て、へえ、とながめ、

「うん、にあってる」

と言いました。

「では、ありがたくいただきます」

そう言ったとき、

「あ、しのぶちゃんがわらってる」

と、坂本《さかもと》さんが指《ゆび》さしました。

「ほんとだ」

あんりが両手《りょうて》を合わせました。

「しのぶちゃん、わらうとすごくかわいいんだよ」

まゆがなぜかちょっと得意《とくい》そうに言いました。

（わらうとかわいいのか、わたし）

もちろん「かわいい」が「小柄《こがら》」ということだとは思っていません。いろいろと学んだのです。

学校から帰るとすぐに、しのぶはひいばあちゃんと半蔵《はんぞう》に「あんりちゃんからもらった」と言って、くるんとふりかえりました。

「しし、だって」

「シュシュ、な」

半蔵《はんぞう》が訂正《ていせい》しました。

「シュシュ？」

ひいばあちゃんと
しのぶが聞くと、
半蔵《はんぞう》は得意《とくい》そうに
ふんぞりかえりました。
「ゴムになってとってな、
髪《かみ》の毛をたばねたり、
手首にまいたりするもんや。
師匠《ししょう》もしのぶも、
もっと世間《せけん》のことを
勉強《べんきょう》せなあきまへんなあ」

夕食後、しのぶは両親《りょうしん》に手紙を書きました。

父上さま　母上さま

おかわりありませんか？

しのぶは元気にくらしております。

ひいおばあさまの家で、兄弟子の半蔵《はんぞう》とともに、

きびしい修行《しゅぎょう》にはげんでいます。

学校では、新しく学ぶことばかりです。

このあいだは、さっそく学校でおこったじけんにもとりくみました。

毎日、忍者《にんじゃ》ではないたくさんの人とふれあい、

「人の気持《きも》ち」というものも学んでいます。

友だちができました。シュシュも　もらいました。

学校は楽しいです。

また手紙を書きます。

服部《はっとり》しのぶ

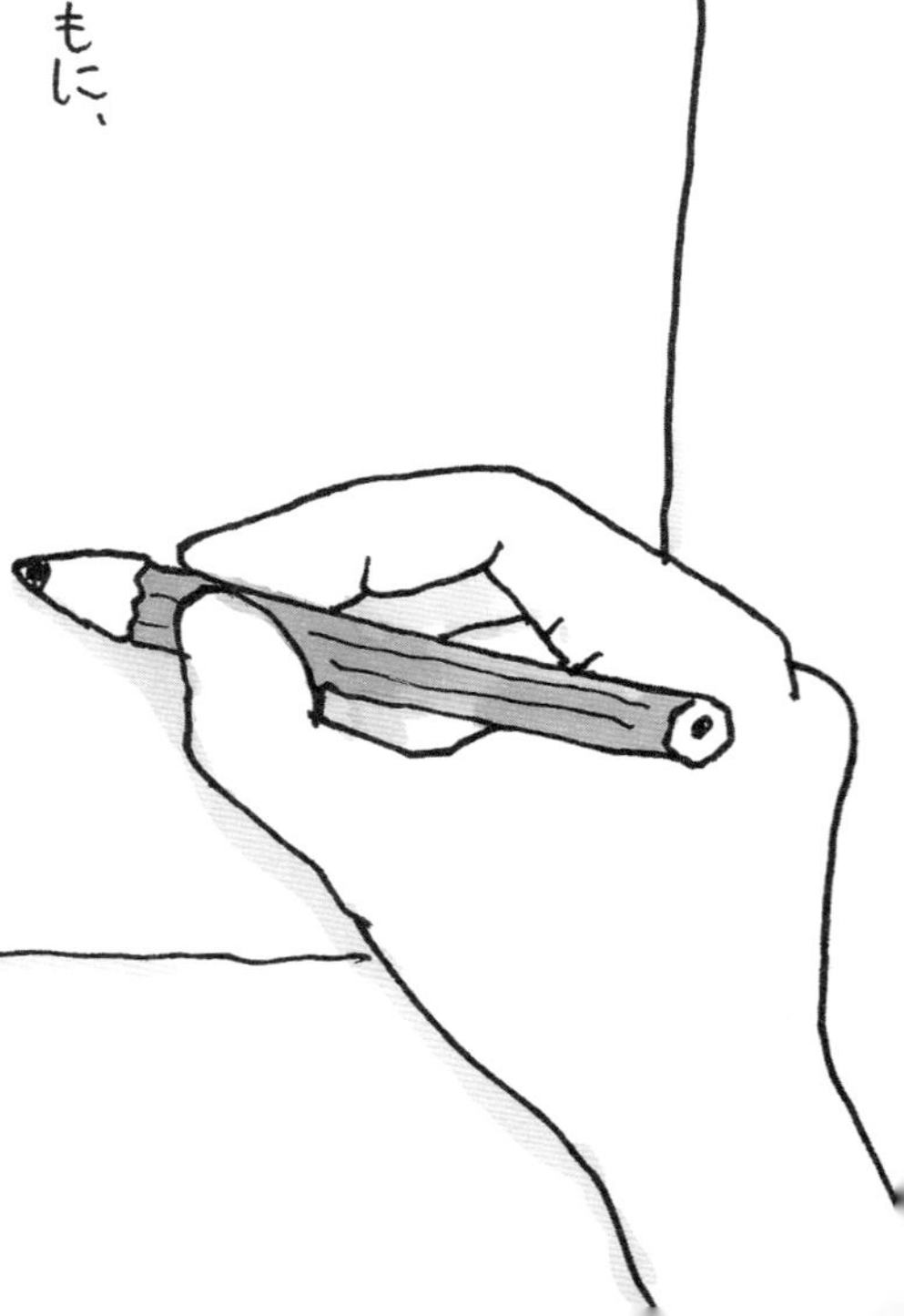

もとした いづみ

1960 年、大分県生まれ。絵本・童話作家。編集者、ライターなどを経て子ども向け作品を書き始める。『どうぶつゆうびん』（あべ弘士・絵／講談社）で産経児童出版文化賞ニッポン放送賞、『ふってきました』（石井聖岳・絵／講談社）で日本絵本賞、講談社出版文化賞絵本賞を受賞。絵本に「すっぽんぽんのすけ」シリーズ（荒井良二・絵／鈴木出版）、『おたんじょうびのケーキちゃん』（わたなべあや・絵／佼成出版社）、童話に「おばけのバケロン」シリーズ（つじむらあゆこ・絵／ポプラ社）、『うめちゃんとたらこちゃん』（田中六大・絵／講談社）、『こぶたしょくどう』（さいとうしのぶ・絵／佼成出版社）などがある。

田中 六大（たなか ろくだい）

1980 年、東京都生まれ。絵本作家、漫画家。「あとさき塾」で絵本創作を学ぶ。絵本に『うどん対ラーメン』（講談社）、『だいくのたこ８さん』（内田麟太郎・作／くもん出版）、『おすしですし！』（林木林・作／あかね書房）、挿画に『ひらけ！なんきんまめ』（竹下文子・作）、『まよいみちこさん』（もとしたいづみ・作／共に小峰書店）、「日曜日」シリーズ（村上しいこ・作／講談社）、『アチチの小鬼』（岡田淳・作／偕成社）、『ぼくはなんでもできるもん』（いとうみく・作／ポプラ社）、「おとのさま」シリーズ（中川ひろたか・作／佼成出版社）、漫画に『クッキー缶の街めぐり』（青林工藝舎）などがある。

こころのつばさシリーズ

転校生は忍者?!

2018年11月30日　第１刷発行
2022年９月10日　第２刷発行

作　者：もとした いづみ
画　家：田中 六大
発行者：中沢 純一　発行所：株式会社 佼成出版社
〒166-8535　東京都杉並区和田２-７-１
電　話　03(5385)2323(販売)　03(5385)2324(編集)
https://kosei-shuppan.co.jp/
装　丁：芝山雅彦(スパイス)
印刷所：株式会社 精興社
製本所：株式会社 若林製本工場

ISBN978-4-333-02793-4　C8393　NDC913/96P/22cm

いろいろな忍術《にんじゅつ》

火術《かじゅつ》

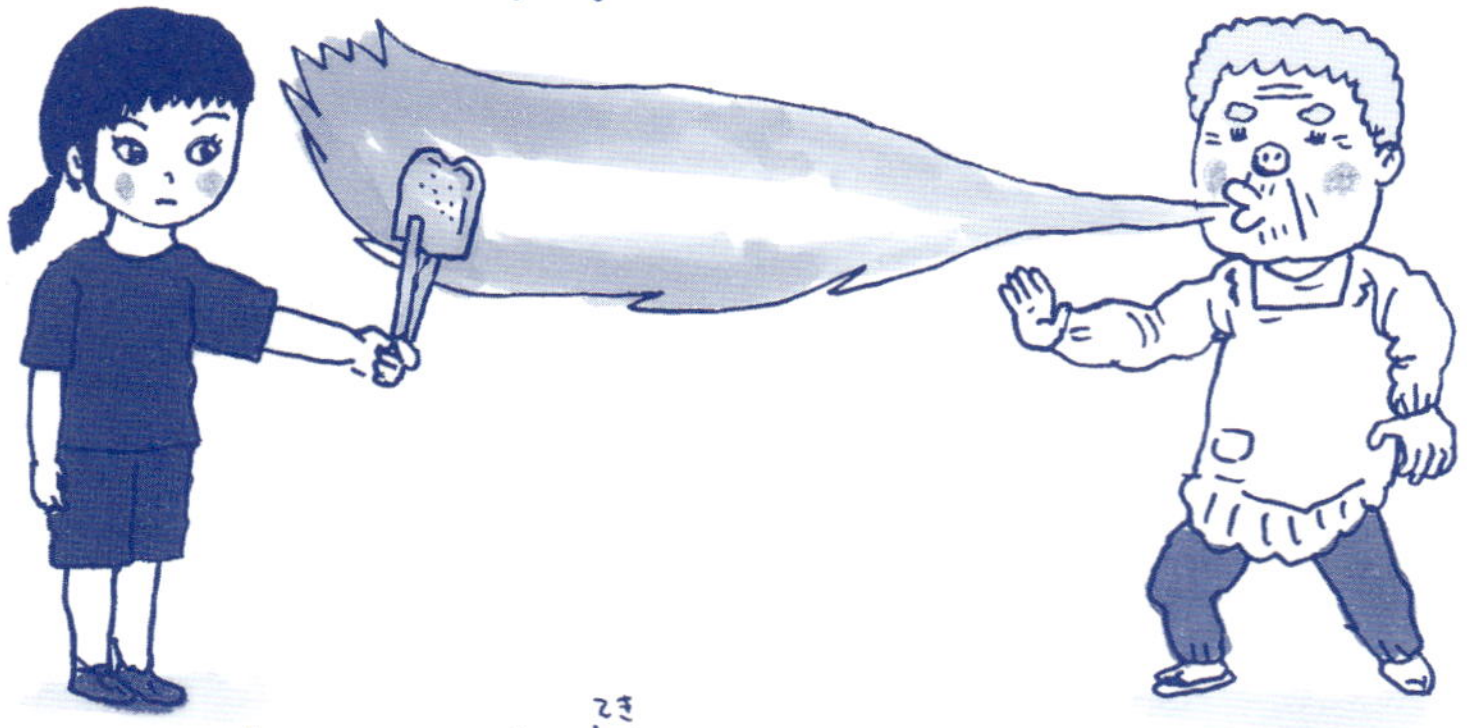

口から火をふけば、敵《てき》をおどかしたり、
食パンをやくのにもべんりだね！
やきたてのトーストにバターをのせて
食べるとおいしいネ。

分身《ぶんしん》の術《じゅつ》

「あー、組み体操《たいそう》やりた〜い！」
だけど、まわりにだれも人が
いない……。こういうこと、よく
あるよね…（>_<）
そんなときは分身《ぶんしん》の術《じゅつ》でバッチリ！
さあ、レッツ分身《ぶんしん》！

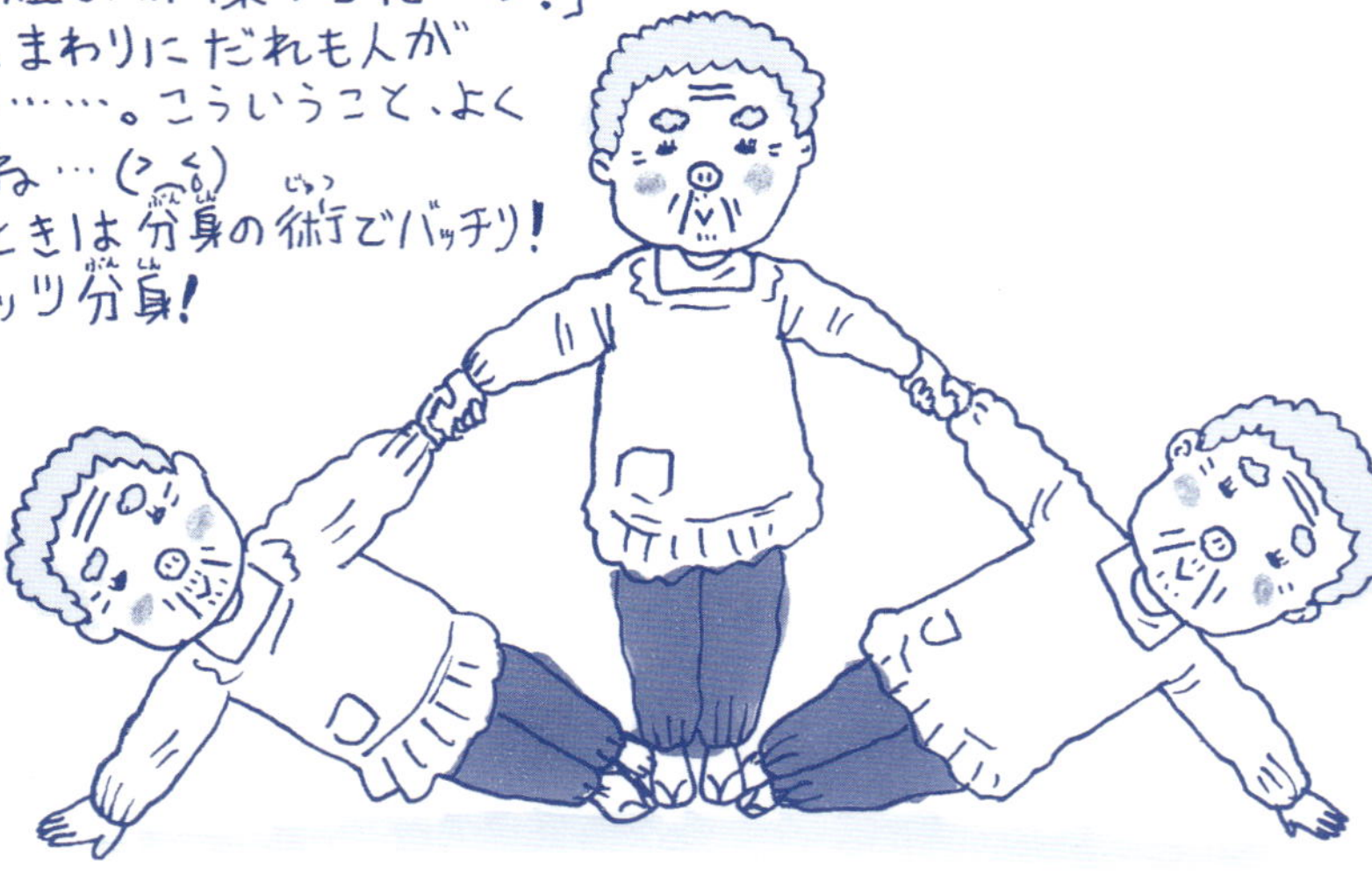